So...

...aimeoir fásta

Catherine Foley

Do mo thuismitheoirí Ena agus Joe

ff

Comhar Teoranta
5 Rae Mhuirfean, Baile Átha Cliath

Tá Comhar faoi chomaoin ag Bord na Leabhar Gaeilge as tacaíocht airgid a chur ar fáil le haghaidh foilsiú an leabhair seo.

Foilsithe ag Comhar Teoranta, 5 Rae Mhuirfean, Baile Átha Cliath 2.

ISBN 0 9539973-5-9

Leagan amach: Daire Ó Beaglaoich, Graftrónaic
Clúdach: Eithne Ní Dhúgáin
Grianghraf: Brenda Fitzsimons, Irish Times

Clár

Caibidil a hAon

Trasna na dTonnta

Nuair a tháinig na bóscaí móra ón Ollainn iarradh ar Shorcha *déileáil leo. Bhí sé i gceist ag *stiúrthóir an ghailearaí taispeántas Picasso a chur ar siúl ag tús mhí an Mheithimh. Bhí pictiúir an *ealaíontóra cháiliúil sna boscaí.

Rinne Sorcha *ionsaí orthu láithreach. Bhí uirthi an téad tiubh a ghearradh agus an téip a bhriseadh. Bhí páipéir ann chomh maith, iad istigh i mbosca amháin i gclúdach donn. Bhí na foirmeacha ar fad le líonadh agus bhí uirthi gach rud a chur in ord. D'oibrigh sí go crua an lá sin.

Ní raibh a fhios aici go dtarlódh *dúnmharú de bharr an taispeántais seo. Ní raibh a fhios aici go mbeadh sí féin i gcontúirt. Ní raibh a fhios aici céard a bhí i ndán di.

Bhí tuí sna boscaí. Lean sí uirthi ag tógáil na bpictiúr amach, ag breathnú orthu agus ag caint agus ag gáire le Dáithí, an stiúrthóir, nuair a chuireadh sé a cheann isteach.

2

déileál leo – *deal with them*
stiúrthóir – *director*
ealaíontóir – *artist*

ionsaí, rinne sí ionsaí orthu –
she attacked them
dúnmharú – *murder*

"Ó, go hálainn, tá sé seo go hálainn," a dúirt sí arís agus arís nuair a chonaic sí na pictiúir. Bhí sí ar mhuin na muice ag obair san oifig. Ní hamháin mar gheall ar na pictiúir ach mar gheall go raibh sí i ngrá le Dáithí ó bhí sí ina páiste.

Rinne sí comhaireamh ar na pictiúir, bhí daichead a haon acu ann ar fad. Cheap sí go raibh sé sin aisteach. Ní raibh ach daichead le *crochadh. D'fhéach sí orthu go cúramach, ceann i ndiaidh a chéile agus iad á dtógáil amach aici. "Tá rud éigin aisteach anseo," a dúirt sí léi féin.

Ní raibh éinne ann chun cabhrú léi. Bhí Nicola Ní Neachtain, *preasoifigeach an ghailearaí, ina hoifig féin ag caint le Ciarán Ó Floinn, a thagadh go minic chun rudaí príobháideacha a phlé léi. Bhí siad ina gcónaí le chéile *tráth, ach bhí sé sin thart anois, de réir mar a thuig Sorcha an scéal. Níor thaitin Ciarán le Sorcha. Bhí sé *drochbhéasach i gcónaí le lucht an ghailearaí. Ní raibh Nicola ró-chairdiúil le haon duine ach oiread, ach amháin Dáithí. Agus bhí eagla ar Shorcha go raibh Dáithí ag titim i ngrá le Nicola.

Bhí pictiúr amháin a sheas amach ó na pictiúir eile. Níor thuig Sorcha *tábhacht an phictiúir go dtí gur thosaigh na Gardaí ag cur ceisteanna uirthi. Ach tharla sé sin seacht mí ina dhiaidh sin, agus thit go leor rudaí amach idir an dá linn…

"An-aisteach," a dúirt Sorcha. "An-aisteach ar fad." Shuigh sí síos ar an mbinse chun féachaint i gceart ar an bpictiúr breise seo. D'ól sí cupán caife agus scrúdaigh sí go mion é. Bhí gach rud ciúin sa ghailearaí mar nach

crochadh – *to hang*
preasoifigeach – *pressofficer*

tráth – *once*
drochbhéasach – *bad mannered*
tábhacht – *importance*

raibh an chuid eile den fhoireann tagtha ar ais óna gcuid lóin. Bhí an ghrian ag taitneamh lasmuigh agus bhí solas geal sa seomra.

Thaitin an pictiúr seo léi. Bhí sé difriúil, *nua-aimseartha. Bhí dearg agus oráiste mar phríomhdhathanna ann. Thaitin na daoine sa phictiúr léi, ach go háirithe an bhean óg a bhí ag brostú chuig áit éigin. Bhí gruaig fhada fhionn ar an mbean, mar a bhí uirthi féin. Bhí sí ag siúl go tapaidh ar thaobh amháin den tsráid agus ar an taobh eile bhí fear ag rith ina diaidh ag iarraidh stop a chur léi. Bhí sé ag iarraidh teacht suas léi ach bhí an trácht ina choinne. Sea, bhí scéal ann agus ní bheadh a fhios ag éinne cén chríoch a bheadh leis. Bhaist sí *Timpiste ag Bagairt" ar an bpictiúr.

Bhí an t-am ag sleamhnú thart agus d'imigh sí chun Dáithí a aimsiú. Cheap sí go dtaitneodh an pictiúr seo leis.

"Breathnaigh air seo, a Dháithí, pictiúr breise a bhí sa bheart," a dúirt sí leis nuair a thaispeáin sí dó é. Níor thaitin an pictiúr le Dáithí. Bhí *croiméal air agus nuair a chonaic Sorcha an croiméal ag lúbadh ar nós *eascainne ba léir di go raibh sé buartha. Fear ard tanaí ba ea é. Éadaí dubha a chaitheadh sé i gcónaí.

"A thiarna, cén saghas *pleidhcíochta é seo? D'fhéadfadh sé seo stop a chur leis an oscailt," a dúirt sé. "Na hamadáin, ní thuigim an córas ait seo atá acu ar chor ar bith. Tá mé bréan den amaidíocht seo. Níl mé sásta é seo a sheiceáil inniu, ná roimh oscailt an taispeántais. Crá croí a bheadh ann, tá mé ag rá leat. Bheadh orainn cóipeanna den ordú a chur ar ais chucu... Seo, an féidir leat cóipeanna a dhéanamh de

nua-aimseartha – *modern*
timpist ag bagairt – *danger threatening*
croiméal – *moustache*
eascann – *eel*
pleidhcíocht – *tomfoolery*

na foirmeacha seo," a dúirt sé léi, agus fearg air. Rinne siad comhaireamh ar na pictiúir: daichead a haon a bhí ann. D'imigh Sorcha amach chun na cóipeanna a fháil.

Ar a bealach amach bhuail sí le Nicola a bhí ag dul isteach chuig Dáithí.

"A Nicola, a stór, tá tú tagtha," ar sé ag seasamh suas díreach. Thug sí póg dó. Bhí droim Dháithí ag lúbadh siar uaithi le linn na póige. Labhair sé go tapaidh léi. "Tá fadhb againn, tá pictiúr breise sa bheart. Cheap mé go ndúirt tú leo gan a thuilleadh a chur chuig an ngailearaí go dtí go mbeadh an táispeántas thart," a dúirt sé ós íseal.

"Dúirt. Tá rud éigin aisteach ar bun. Tabharfaidh mé liom é agus scrúdóidh mé é."

Nuair a d'fhill Sorcha ar oifig Dháithí bhí Nicola agus an pictiúr imithe.

"Cad a dhéanfaidh Nicola faoin bpictiúr breise? An gcuirfidh sí glaoch teileafóin orthu?" a d'fhiafraigh Sorcha de. "Ní pictiúr de chuid Picasso atá ann." ar sise.

"Nach dóigh leat é?"

"Daoine atá ag obair sa chathair atá sa phictiúr sin. Tá siad ag siúl go tapaidh agus tá trácht ar an mbóthar. Tá gleo agus *fuinneamh ann. Ní dóigh liom go bhfuil aon cheangal ag an bpictiúr sin le Picasso. Féach ar na daoine seo atá péinteáilte ag Picasso - beirt sheandaoine ag caint ag cúinne; feirmeoir agus a asal ag dul síos an tsráid; beirt bhan ina suí i ngairdín. Is pictiúir iad a phéinteáil Picasso ag tús a shaoil mar ealaíontóir, nuair a bhí sé ina chónaí i mBarcelona. Tá simplíocht iontu.

fuinneamh – *energy*

Nach gceapann tú? Tá an pictiúr breise difriúil ar fad. Taitníonn sé liom, caithfidh mé a rá."

D'fhéach Dáithí uirthi agus miongháire ar a aghaidh.

"Ó, a Shorcha, a stóirín," ar seisean, ag dul sall chuici. Chuir sé a lámh timpeall uirthi.

"Nár chóir do Nicola glaoch ar an ngailearaí san Ollainn láithreach bonn? Caithfidh go bhfuil an pictiúr luachmhar fiú má tá sé níos nua-aimseartha," lean Sorcha uirthi, agus í ag éirí an-mhí-chompordach. D'ardaigh Dáithí lámh Shorcha chuig a béal. "Ná bí buartha, a Shorcha, cé go mbíonn tú go hálainn nuair a bhíonn tú buartha mar sin."

Shiúil Nicola isteach sa seomra agus an pictiúr á iompar aici.

"Tá an ceart agat, a Dháithí. Má chuirimid in iúl dóibh sa ghailearaí in Utrecht go bhfuil an pictiúr seo againn cuirfidh siad moill ar an taispeántas. B'fhearr dúinn fanacht go dtí go mbeidh an taispeántas thart agus a rá leo ansin. Agus tá smaoineamh agam. Is féidir le Sorcha é a thabhairt abhaile léi as an tslí. An mbeifeá sásta é sin a dhéanamh?" arsa Nicola, a ceann san aer agus *searbhas ina guth.

"Gan amhras, ba bhreá liom an pictiúr a thabhairt abhaile, má cheapann sibh go gcabhróidh sé le cúrsaí an ghailearaí. An bhféadfainn, a Dháithí?"

"D'fhéadfá, cinnte," ar seisean.

Chuir Nicola an pictiúr breise ina láimh. Níor fhéach sí ar Dháithí.

searbhas – *acrimony*

"Is iontach an chabhair é sin, a Shorcha. Tabhair abhaile é. Beidh a fhios againn cá bhfuil sé agus déanfaidh mise socrú faoi i gceann tamaillín."

Bhí ríméad ar Shorcha, cé gur rith sé léi go raibh sé aisteach go ligfeadh Dáithí di pictiúr luachmhar mar sin a thabhairt abhaile. Níor ghnáth leis a bheith chomh *cneasta sin. D'fhág sí an pictiúr le hais an bhalla agus lean sí ag marcáil na mboscaí beaga ar leathanach an *admhála. Bhí daichead pictiúr ar an liosta, iad ainmnithe agus marcáilte i gceart. Rinne siad comhaireamh ar na pictúir arís.

"Daichead," a dúirt Dáithí, agus tuin sásta ar a ghuth, sásta go raibh an fhadhb réitithe.

"Ach an bhfuil sé i gceist ag Nicola a rá leo go bhfuil sé tógtha abhaile agamsa. Ar chóir domsa é a chur i bhfolach in áit éigin?" arsa Sorcha, ag éirí crosta.

"Ó, ní gá é a chur i bhfolach ar chor ar bith, croch suas i do sheomra suite é. Déanfaidh Nicola na socraithe eile, ná bí buartha faoi sin," arsa Dáithí. "Tá an ceart agat. Baineann an pictiúr leis na nóchaidí agus níl aon bhaint aige le Picasso. Beidh orainn socrú a dhéanamh faoi go luath ach níl sé *práinneach. Botún a bhí ann. Beidh orainn é a chur ar ais chuig an duine cóir in Utrecht. Ná bí buartha faoi, níl a fhios agam conas a tharla sé go raibh sé istigh leis na boscaí seo ón Ollainn," a dúirt sé, agus thug sé póg di ar a láimh.

Chiúinigh sé sin Sorcha. Phógadh Dáithí a lámh mar sin nuair a bhí siad ag siúl amach le chéile, ach b'shin bliain go leith ó shin.

---

cneasta – *kind*
admháil – *receipt*
práinneach – *urgent*

Rinne sí iarracht rud éigin eile a rá, ach go tobann thug Dáithí póg súgach ar a béal di. Bhí ionadh ar Shorcha. Ach ansin d'iompaigh sé uaithi agus thosaigh sé ag scríobh rudaí breise ar na foirmeacha. Ar tharla an phóg sin ar chor ar bith? Ba léir nach raibh spéis aige inti ná san fhadhb a thuilleadh. D'fhan Sorcha ina tost. Níor theastaigh uaithi *drochghiúmar a chur air. Bhí a croí ag preabadh.

"Téigh abhaile, a Shorcha, agus tabhair an pictiúr abhaile leat. Fan sa bhaile go dtí am lóin amárach. Tá tú tar éis go leor ama a chur isteach anseo anocht." Bhí an croiméal socair arís agus bhí cuma bhreá shásta ar Dháithí. Bhí Sorcha sásta freisin leathlá a thógáil.

Chun na fírinne a rá, bhí leathlá ag teastáil uaithi go géar. Bhí *sceitimíní uirthi nuair a thóg sí "Timpiste ag Bagairt" léi. Ar a bealach amach, shiúil sí thar oifig Nicola. Theastaigh uaithi buíochas a ghabháil léi as ligean di an pictiúr a thabhairt abhaile. D'oscail sí an doras agus chuir sí a ceann isteach. Ní raibh Nicola ann. Bhí trí cinn de phictiúir ar chúl an tseomra agus iad an-chosúil leis na pictiúir sin le Picasso a thóg sí amach as na boscaí - beirt bhan ag caint ag cúinne, feirmeoir lena asal agus beirt seanbhean ina suí i ngairdín. "Aisteach," a dúirt sí léi féin, ag casadh ar a sáil agus ag imeacht léi go tapaidh. "Cad tá ar bun ansin?"

Sa bhaile, san oíche, d'fhéach sí ar an bpictiúr "Timpiste ag Bagairt" arís. Ní raibh aghaidh an fhir le feiceáil sa phictiúr. Chroch sí ina seomra suite é. Bhí an fear ard ann ag féachaint siar, a ghruaig chatach ag titim anuas thar a chluasa, a chóta oscailte aige, an ghaoth ag

drochghiúmar – *bad humour*
sceitimíní – *excitement*

séideadh. Bhí sé ag iarraidh an bóthar a thrasnú agus teacht suas leis an mbean ar an taobh eile. Thaitin sé go mór le Sorcha. Mistéir cheart a bhí ann.

Bhí gliondar ar gach duine nuair a d'oscail an taispeántas. Bhí an bailiúchán tábhachtach seo de chuid Picasso ar taispeáint i ngailearaí Bhaile Átha Cliath ar feadh míosa. Tháinig na sluaite chun iad a fheiceáil. Bhí Dáithí an-sásta leis féin. Bhí Sorcha an-ghnóthach. Shleamhnaigh an samhradh thart.

Caibidil a Dó

* Uisce faoi thalamh

"Bhuel, seacht *mallacht an diabhail ort a Nicola," a bhéic Dáithí. "Cén cineál óinsí tú?" Ag an bpointe sin shiúil Sorcha isteach sa seomra agus chas sé uirthi.

"Tá Nicola níos measa ná mo mháthair agus í ag iarraidh mé a stiúrú. Bean *nimhneach í agus í *santach chomh maith, tá a fhios agat. Tá mo chroí briste aici," ar seisean le Sorcha, agus é ag gáire. Ba chuma leis Nicola a bheith ag éisteacht leis. "Theastaigh uaim rud éigin a fháil uaithi ach deir sí go bhfuil sí ró-ghnóthach," ar seisean i nglór *leanbaí.

"Tá mé ró-ghnóthach," a dúirt Nicola agus fearg uirthi. "Tá Ciarán ag fanacht orm i m'oifig," agus d'imigh sí léi.

"Is fuath liom í," a dúirt Dáithí agus shiúil sé sall chuig Sorcha.

"Ach is tusa mo pheata," a dúirt sé le Sorcha agus é ag stánadh isteach ina súile. "Is mór an trua nach bhfuilimid ag dul amach le chéile a thuilleadh," ar seisean.

uisce faoi thalamh – *intrigue*
mallacht – *curse*
nimhneach – *spiteful*

santach – *greedy*
leanbaí – *childish*

"Níor chóir duit a bheith mar sin le Nicola, imeoidh sí agus beidh tú fágtha gan preasoifigeach," a dúirt Sorcha. Bhí seanaithne aici ar Dháithí agus thuig sí go bhféadfadh sé a bheith bog agus grámhar nó cruálach, páistiúil mar sin le daoine.

Chuimhnigh sí ar an gcúpla mí a chaith siad le chéile. Bhí Sorcha ar an gcoláiste ag an am. Bhí sí óg agus *soineanta agus ba bheag nár bhris a croí nuair a dúirt Dáithí léi go raibh sé ró-ghnóthach agus go mbeadh orthu scarúint. Níor chreid sí é. Níor chreid sí é nuair a dúirt sé léi go gcaithfeadh sé a bheith saor ó chúraimí an chroí. An fear bocht, ní raibh sé ábalta a bheith *ionraic. Ach anois ba é a bhí *freagrach as an ngailearaí agus bhí Sorcha ag obair faoina stiúir. Ba é Dáithí a mhol di cur isteach ar an bpost sa ghailearaí agus bhí sí ar mhuin na muice nuair a fuair sí é. Thaitin an obair go mór léi. Thaitin sé léi bheith ag caint le healaíontóirí agus le ceannaitheoirí agus ag eagrú taispeántas.Thaitin sé léi bheith ag obair san áit chéanna le Dáithí. Smaoinigh sí ar an bpictiúr a thug sé di le tabhairt abhaile, "Timpiste ag Bagairt," agus chuir sí ceist air faoi.

"Tá sé *socraithe againn le gailearaí na hOllainne go bhfanfaidh sé anseo ar feadh bliana eile *ar iasacht," a mhínigh Dáithí di.

"Go hiontach," arsa Sorcha. "Ach, a Dháithí, níor chóir duit a bheith crua mar sin le daoine, tá sé drochbhéasach."

"An bhfuil tusa chun *léasadh teanga eile a thabhairt dom. Agus seo Nicola ar ais." Shiúil Nicola isteach agus aghaidh *fhíochmhar uirthi.

---

soineanta – *inocent*   ar iasacht – *on loan*
ionraic – *honest*   léasadh teanga – *scolding*
freagrach as – *responsible for*   fíochmhar – *furious*
socraithe – *arranged, settled*

"Ba mhaith liom labhairt le do chailín cúnta, " arsa Nicola go searbhasach.

"Tá a fhios agam gur chabhraigh Dáithí leat cur isteach ar an bpost anseo sa ghailearaí. Mhol sé go hard na spéire le bord stiúrtha an ghailearaí tú. Is as Baile an Dúinín don bheirt agaibh. Tá sean-aithne agaibh ar a chéile. Caithfidh go bhfuil áthas an domhain ort a bheith ag obair in áit ghalánta mar seo i gcroílár na cathrach i mBarra an Teampaill."

"Tá, gan amhras, a Nicola. Taitníonn an obair go mor liom," a d'fhreagair Sorcha.

"Má thaitníonn, lean ort ach déan iarracht Dáithí a choiméad faoi *smacht agus súil ghéar a choimeád air. Bíodh a fhios agat go bhfuil rud éigin bun os cionn sa ghailearaí seo, uisce faoi thalamh, agus go bhfuil baint mhór ag Dáithí leis." D'fhéach Nicola ar Dháithí go *míthrócaireach agus miongháire ar a haghaidh. Leis sin, d'imigh sí amach an doras agus d'fhág sí Sorcha agus Dáithí le chéile san oifig.

"Ná bac léi," a dúirt Dáithí. "Tá sí as a meabhair. Níl aon rud bun os cionn anseo."

Trí lá ina dhiaidh sin, bhí ar Dháithí dul as baile go dtí an Ollainn ar feadh cúpla lá chun rud éigin a bhailiú do Nicola, a dúirt sé. Nuair a tháinig sé ar ais, bhí sé athraithe. Níor fhéad sé fanacht socair. Bhí sé ag rith ó sheomra go seomra agus é ag béiceadh ordaithe le gach éinne. Tháinig sé isteach ina hoifig agus é ar buile. Bhí Nicola ina dhiaidh, a súile ag preabadh amach as a ceann. Bhí sí fíochmhar.

smacht – *control*
go míthrócaireach – *without pity*

"An bhfuil aon rud déanta agatsa leis an bpictiúr aisteach sin a tháinig ón Ollainn, an bhfuil? Abair liom anois." arsa Nicola.

"Tá sé ar crochadh ar an mballa sa bhaile. Nach ndúirt tú liom é a thabhairt abhaile," arsa Sorcha, agus eagla uirthi.

"Ná *luaigh aon rud faoi le haon duine. Tá sé seo rí-thábhachtach," a dúirt Nicola. "Tá gach rud a thiteann amach anseo príobháideach. An dtuigeann tú é sin?"

"Tuigim," a dúirt Sorcha i nguth íseal.

Tamall ina dhiaidh sin chuaigh Sorcha go dtí oifig Dháithí. B'fhéidir go bhféadfadh sé a mhíniú di cén fáth go raibh Nicola chomh fíochmhar sin. Ach bhí Nicola istigh sa seomra leis agus agus ba léir óna guth go raibh sí fós ar buile. Chuala Sorcha cuid den chaint agus í ag siúl síos an pasáiste.

"Bhí Ciarán ag caint lena chairde thall sa Ghearmáin agus tá siad ag éirí neirbhíseach. Ceapann siad go bhfuil duine éigin anseo ag tabhairt eolais do na póilíní. An ndúirt tú aon rud leis an gcailín sin faoin ngnó?"

"An as do mheabhair atá tú?" arsa Dáithí. "Ní dúirt mé aon rud léi agus ag an bpointe seo tá *aiféala orm go bhfuil baint ar bith agam féin leis an ngnó seo."

Níor fhan Sorcha chun a thuilleadh a chlos. D'imigh sí ar ais go tapaidh go dtí a seomra féin. Shuigh sí ansin ag smaoineadh ar an bpictiúr "Timpiste ag Bagairt" a bhí ar crochadh ar an mballa sa bhaile. Bhí oráiste, dearg, bán agus gorm ann, agus an fear ag rith i ndiaidh an chailín i lár baill. Cad a thitfeadh amach idir an bheirt

luaigh – *mention*
aiféala – *regret* / tá aiféala orm – *I am sorry*

sa phictiúr a smaoinigh sí. Buaileadh cnag ar an doras. Dáithí a bhí ann.

"A Shorcha cuir scairt ar oifig an Taoisigh agus faigh cinntiú uathu faoin *deontas. Faigh amach an bhfuil an seic curtha sa phost acu fós. Tá mé *bréan den phleidhcíocht seo uathu."

"Agus a Shorcha, ná bí buartha faoin argóint seo idir mé féin agus Nicola. Níl aon rud bun os cionn ar siúl, ar eagla gur cheap tú go raibh." Shiúil sé sall chuici. "Is tusa mo chailín, tá a fhios sin agat," ar seisean agus é ag *sleamhnú a lámha thairsti. "An féidir liom *brath ort, a Shorcha?"

"Brath orm?" ar sise.

Tharraing sé chuige í. Fuair sí boladh a anála. Drochbholadh.

"Teastaíonn uaim é seo a rá leat go príobháideach, eadrainn féin, tá a fhios agat."

Chuir sé lámh ar a muineál agus ansin ar a cíoch. Chrom sé a cheann agus thosnaigh sé ag cur *cogair isteach ina cluas.

"Ní bheidh mé istigh amárach. Tá mé ag dul thar sáile ar feadh tréimhse. Beidh ortsa leanúint ar aghaidh i d'aonar. Beidh daoine ag iarraidh teacht orm ach ní bheidh mé ar fáil. Ní bheidh a fhios ag éinne cá bhfuil mé ach amháin tusa agus… mo mháthair. Tá mé féin agus Nicola ag imeacht le chéile ar saoire – turas rómánsúil."

"An mbeidh sibh imithe ar feadh i bhfad?"

"Beidh mé i *dteagmháil leat ar ball. Tá sé seo rí-thábhachtach. Ní bheidh a fhios ag daoine cá bhfuil

deontas – *grant*
bréan de – *fed up with*
sleamhnú – *slip*

brath ar – *depend on*
cogar – *whisper*
i dteagmháil – *in touch*

mé. Dúirt an dochtúir liom go bhfuil mé ag obair ró-dhian agus go gcaithfidh mé saoire a thógáil. Ach ní theastaíonn ó Nicola go mbeadh a fhios ag Ciarán Ó Floinn go bhfuil sí liomsa."

Thosaigh sé ag pógadh a cluaise. Bhí Sorcha trína chéile.

"Stad," a dúirt sí. "Stad." Níor stop sé. Bhí a cuid smaointe ag rásaíocht. "Tá an ceart agam," a cheap sí. "Tá Dáithí agus Nicola mór le chéile. Ní hé go bhfuil *caimiléireacht ar siúl acu ach tá siad ag dul amach le chéile."

"An bhfuil tú sásta cabhrú liom?" ar sé. "An féidir liom *muinín a bheith agam asat." Rinne sé iarracht a béal a phógadh ach chas Sorcha a ceann agus d'éirigh léi é sin a *sheachaint.

"Stad! Is féidir leat brath orm, a Dháithí. Tá mé *faoi chomaoin agat cheana féin."

"Ceart go leor, a stóirín. Agus ní gá duit a bheith buartha faoin bpictiúr sin atá sa bhaile agat. Níl sé tábhachtach ar chor ar bith. Fan i do thost faoi, níl aon rud as riocht, tá gach rud socraithe anois."

"Ní theastaíonn uaim aon rud a rá, a Dháithí. Níl aon rud le rá. Na bí buartha faoi sin. Ach, a Dháithí," ar sí, ag *éalú uaidh. "Cad tá ar siúl idir Nicola agus Ciarán Ó Floinn, an bhfuil siad ar ais le chéile arís?"

"Níl aon bhaint ag Ciarán Ó Floinn léi a thuilleadh. An dtuigeann tú é sin? Ní theastaíonn uaim a rá le daoine go bhfuil galar an ghrá orm. Ach, tá tusa i mo chroí freisin." Thug sé póg di ansin agus scaoil sé í. Bhí Sorcha trína chéile.

---

caimiléireacht – *crookedness*   faoi chomaoin ag – *obliged to*
muinín – *trust*   éalú – *esape*
seachaint – *avoid*

Rinne sí gáire íseal. Smaoinigh sí ar an mbuachaill beag a rith isteach chuig teach a muintire nuair nach raibh sé ach ocht mbliana d'aois, agus é ag béiceadh, tar éis dá mháthair buille fíochmhar a thabhairt dó.

"Beidh mise ceart go leor. Ná bí buartha fúinne sa ghailearaí. Tá *clár leagtha amach agat agus tá taispeántas nua ag oscailt i gceann dhá mhí eile."

"Maith an cailín. Ní bheith tú as póca má chabhraíonn tú liom, an dtuigeann tú mé agus beimid mór le chéile arís."

"Ná smaoinigh ar an airgead. Is cuma liom faoi sin, a Dháithí," arsa Sorcha. "Bíodh saoire mhaith agaibh."

"Sea, caithfimid a bheith discréideach mar ní theastaíonn ó Nicola aon rud a rá go fóill beag. Níl a colscaradh socraithe go fóill. Anois, imigh leat, a Shorcha. Cuirfidh mé glaoch ort oíche éigin, cloisfidh tú uaim agus b'fhéidir go mbeadh tú in ann cabhrú liom."

"Ba mhaith liom cabhrú leat, a Dháithí. Is féidir leat brath orm."

"Maith an cailín," ar seisean, ag cuimilt a chroiméil.

Níor labhair sí leis arís go dtí an athbhliain. D'imigh Dáithí gan tásc gan tuairisc. Bhí a fhios ag daoine go raibh Nicola imithe go dtí Caireo, ach ní raibh a fhios ag aonduine ach Sorcha gur imigh Dáithí in éineacht léi.

Tar éis cúpla seachtain, ghlac bord an ghailearaí leis go mbeadh orthu post Dháithí a fhógairt.

clár – programme

Caibidil a Trí

Dúnmharú i gCaireo

Cúpla lá tar éis na Nollag bhí Sorcha ina suí ós comhair tine breá ina seomra suite. Bhí sí ag féachaint ar an bpictiúr, "Timpiste ag Bagairt," nuair a fuair sí glaoch gutháin ó na Gardaí. Bhí dúnmharú tar éis titim amach. Bhí Nicola marbh. Fuarthas a corp in óstán i gCaireo agus a *scornach gearrtha.

"Dunmharú i gCaireo," a bhéic na nuachtáin. Bhí sé ar an teilifís agus ar an raidió. Bhí sé i mbéal an phobail, gach duine ag caint faoi. Cheistigh na Gardaí gach duine sa ghailearaí. Cheistigh siad Sorcha faoi Dháithí. Bhí faighte amach acu gur imigh Dáithí agus Nicola le chéile. An raibh a fhios aici cá raibh sé anois? Dúirt sí nach raibh.

Tháinig an corp abhaile ón Éigipt. Choimeád na Gardaí súil ghéar ar gach éinne. Bhí a thuilleadh ceisteanna le freagairt ag Sorcha faoi obair an ghailearaí. Cad a bhí ar siúl ag Dáithí agus Nicola san Éigipt? Nuair a bhí siad sásta nach raibh a thuilleadh eolais aici d'imigh siad.

scornach – *throat*

17

Maidin Luain agus bhí Sorcha déanach. Bhí sé a deich chun a deich nuair a shiúil sí isteach, úll á ithe aici. Bhí sí *corraithe ó bheith gafa sa *trácht.

"Is léir go bhfuil tú an-chompordach i d'oifig," a dúirt strainséir léi, ag breathnú go géar uirthi. Baineadh *geit aisti.

Chonaic sí fear fionn ina shuí ina cathaoir. Ar feadh nóiméid cheap sí go raibh sí ins an oifig mhícheart. Fear dathúil ab ea é ach bhí cuma *bhagarthach air. Ba léir go raibh sé tuirseach de bheith ag fanacht uirthi agus ba léir go raibh *mí-fhoighne air.

"Is tusa Sorcha Ní Riain, nach tú?" a dúirt sé i nguth láidir, *údarásach, agus é ag féachaint ar a uaireadóir. D'fhéach sé timpeall an tseomra néata. Chonaic sé na leabhair, na pictiúir, an *troscán darach agus an citeal. Bhí sé ag fanacht ar fhreagra.

"Is mé," a dúirt Sorcha ós íseal. Bhraith sí neirbhíseach. Bhraith sí a glúine ag crith. Bhí uirthi suí síos. Bhí cuma an-chrosta ar an bhfear.

"Is mise an Cigire Hans Webber-Gunz, Príomh-Bhleachtaire Fhórsa Póilíní Chathair Utrecht. Tá mé anseo mar chuid de Interpol. Tá mé ag bailiú eolais faoi dhúnmharú Nicola Ní Neachtain san Éigipt. Ceapaimid go bhfuil baint ag an dúnmharu le goid pictiúr sa Ghearmáin. Beidh mé ag obair leis an nGarda Síochána anseo go ceann tamaill. Beidh mé ag cur ceisteanna ar gach duine sa ghailearaí."

corraithe – *agitated*
trácht – *traffic*
geit – *start fright*; baineadh geit
  aisti, *she was startled*

bagarthach – *threatening*
mí-fhoighne – *impatience*
údarásach – *authoritative*
troscán darach – *oak furniture*

D'fhéach sí air. Bhí aghaidh chrua air agus bhí a shúile gorma ag breathnú go géar uirthi.

"Tá na Gardaí ag obair in éineacht liom anseo. Tá bean amháin marbh, tá luach cúig mhilliún Euro de phictiúir ar iarraidh, agus tá go leor ceisteanna le freagairt. Tá Dáithí Ó Mathúna ar iarraidh agus tá sé á lorg ag póilíní ar fud an domhain. D'fhéach sé go géar ar Shorcha.

"Más féidir leatsa cabhrú linn ar aon bhealach, beimid fíor-bhuíoch díot," ar sé. Bhí sé cosúil le múinteoir a bhí ag plé le dalta a bhí i dtrioblóid.

"Anois teastaíonn uaim roinnt ceisteanna a chur ort," ar seisean.

"Sea, lean ort. Tá mé sásta cabhrú leat agus do chuid cheisteanna a fhreagairt. Ach mionrud amháin," ar sise, agus í ag éirí dána, "ar mhaith leat suí amuigh anseo, tá mo chathaoir tógtha agat agus ba mhaith liom mo shuíomh ceart a thógáil sula dtosaímid."

"Ó, ceart go leor," a dúirt an bleachtaire, agus miongháire ar a bhéal aige. "Gabhaim pardún agat." D'éirigh sé ina sheasamh agus chuaigh go dtí an taobh thall den bhord. Chrom sé a cheann go magúil. A léithéid de chuairteoir a bheith aici roimh mhéanlae agus an bháisteach ag titim lasmuigh. Bhí a lámha móra ag breacadh nótaí. Cad a bhí á scríobh aige?

"Ceart go leor," a dúirt sé. "Tosóimid arís. Ar an deichiú lá de mhí Bealtaine na bliana seo caite," a thosaigh sé. D'éist Sorcha.

"Sea," a dúirt sí.

"Cá raibh tú?" a chríochnaigh sé.

"Cá raibh mé?" a dúirt sí.

Rinne sí iarracht cuimhniú siar. Rinne sí *casacht bheag agus shuigh sí suas díreach. Bhí sí neirbhíseach. "Ar an deichiú lá de mhí Bealtaine na bliana seo caite." D'éirigh sí agus chuaigh sí sall go dtí an *tarraiceán inár choimeád sí cáipéisí an ghailearaí ón mbliain roimhe sin. Níor bhog an bleachtaire, ach d'fhan sé mar a bheadh saighdiúir, ina shuí i gcathaoir an chuairteora, ag breathnú go géar uirthi.

Mhothaigh Sorcha a shúile ar a droim. Bhraith sí a muineál ag éirí dearg. Ní raibh aon rud sa tarraiceán. Cá raibh na cáipéisí ar fad? Bhí a fhios aici go raibh rud éigin bun os cionn anois. Chas sí ar ais air.

"Tá na litreacha ón tréimhse sin sciobtha ag duine éigin. Níl aon rud anseo faoi mhí Bealtaine ná faoi mhí an Mheithimh. Caife?"

Fuair sí cupán caife di féin agus don Ollannach, fad is a bhí sí ina seasamh. Shiúil sí trasna go dtí a cathaoir. Shuigh sí síos agus thosnaigh sí ag insint an scéil dó.

"Is cuimhin liom go rabhamar ag ullmhú do thaispeántas Picasso. Bhíomar an-ghnóthach," a dúirt sí leis. Stad sí. Smaoinigh sí ar an bpictiúr breise a bhí ar crochadh ina seomra suite sa bhaile. Dúirt Dáithí léi gan aon rud a rá faoi. Ar chóir di a insint don stráinséir seo go raibh sé aici? Ní déarfadh sí aon rud anois. Am éigin eile, b'fhéidir.

"Bhí gach duine ag obair go dian. Bhí Dáithí i gceannas orainn. Bhí sé dian ar gach duine ach bhí gach duine sásta obair a dhéanamh mar bhí pictiúir Picasso an-tábhachtach."

20

"Cad é an *gaol a bhí agat le Dáithí?" a d'fhiafraigh an cigire di.

"Bhíomar an-mhór le chéile i gcónaí."

"An raibh Nicola agus Dáithí mór le chéile?"

"Bhí gaol éigin eatarthu ach ní dóigh liom go raibh siad i ngrá le chéile."

"An-spéisiúil. Ceart go leor. Cad iad na dualgais atá ort i do phost mar chúntóir speisialta ag an ngailearaí?"

"Déanaim teagmháil le healaíontóirí anseo in Éirinn agus ar mhór-roinn na hEorpa. Eagraím taispeántais. Déanaim teagmháil le comhluchtaí gnó agus iarraim orthu *urraíocht a dhéanamh ar na taispeántais. Taitníonn an obair go mór liom."

Lean an t-agallamh ar aghaidh ar feadh uair a chloig. Faoi dheireadh, dhún sé a leabhar nótaí. Bhí sé ar tí imeacht nuair a labhair Sorcha arís.

"Ar mhiste leat bualadh isteach orm sa bhaile led thoil, tráthnóna amárach. Tá rud éigin le taispeáint agam duit, a chigire agus ceapaim go mbeidh spéis agat ann."

"Buailfidh mé isteach ort, cinnte, a Shorcha. Agus ní gá duit cigire a thabhairt orm. Hans is ainm dom."

---

gaol – *relationship*
urraíocht – *sponsorship*

Caibidil a Ceathair

~

Cuairt eile ó Hans

Bhí sí ar an *ngaineamh. Bhí sé te ann. Bhí *pitseámaí á gcaitheamh aici agus bhí Hans ag iarraidh a bolg a phógadh. Lúb sí uaidh. Ansin, go tobann chonaic sí Dáithí ag teacht ina treo. Bhí a mhéar thuas lena bhéal aige.

"Cogar, ná habair aon rud," ar seisean. "Coimeád ciúin." Bhí sí ar an ngaineamh agus bhí sé dorcha. "Níl cara ar bith sa saol agat, a Dháithí, ach amháin mise," a dúirt sí leis. "Agus tá m'fhocal tugtha agam duit. Tá *dualgas orm tú a chosaint."

Rinne sí iarracht buille sa phus a thabhairt do Hans. Ach Dáithí a fuair an buille. Chuala sí torann cloig. Dhúisigh sí de gheit. Bhí sí ag cur allais agus bhí an fón in aice léi ag déanamh ruaille buaille. Rinne sí iarracht an fón a aimsiú sa dorchadas.

"Sea," a dúirt sí, a croí ag léim.

"A Shorcha? Tá duine éigin i do theach." Stop a hanáil

22

gaineamh – *sand*   dualgas – *obligation*
pitseamaí – *pyjamas*

ar feadh cúpla bomaite agus mhothaigh sí an scanradh ag cuimilt a croí. D'aithin sí guth Hans ar an teileafón.

"Ná cuir an solas ar siúl," a dúirt sé. Bhí a croí ag preabadh i gceart anois agus ní raibh sí in ann caint. D'fhéach sí ar an gclog. Bhí sé a leathuair tar éis a trí. Shleamhnaigh sí síos sa leaba i bhfolach faoi na pluideanna, a *súile ag biorú amach sa dorchadas. Bhí an fón fós i ngreim láimhe aici.

"Tá mé lasmuigh de do theach agus tá gadaí ag cúl an tí. An féidir leat mé a ligean isteach. Oscail an doras tosaigh." B'fhéidir go raibh sí ina codladh. B'fhéidir go raibh sí fós ag *brionglóideach. Chuir sí a lámh ar chnaipí a pitseámaí, bhí sí trína chéile. Bhí a béal tirim. Ba bhreá léi gloine uisce nó rud éigin níos láidre.

"Níl eagla orm," a dúirt sí léi féin. "Mise! Bí misniúil, agus a ghadaí, a phleidhce, bí ag faire mar tá mé ag teacht chun tú a mharú!" Sheas sí amach as an leaba chomh ciúin le luch. Shocraigh sí í féin, cheangail sí na cnaipí ar sheaicéad na bpitseámaí. Ní raibh eagla uirthi. Shiúil sí go dtí doras an tseomra leapa. Bhuail sí a cos i gcoinne an vardrúis.

"A Dhia," a dúirt sí. Stop sí ag barr an staighre agus d'fhéach sí síos sa dorchadas. Bhí na *scáthanna go tiubh i ngach cúinne. Thosaigh sí ag dul síos go mall réidh. *Shroich sí bun an staighre agus shiúil go doras an halla.

Chonaic sí an t-Ollannach trí ghloine an dorais. D'oscail sí an doras agus shiúil Hans isteach, gunna ina láimh aige. Rug sé greim láimhe uirthi agus lean Sorcha é, ag coimeád an-ghairid dá chúl. Bhí áthas uirthi go

---

*súile ag biorú – *looking sharply*   scáthanna – *shadows*
ag brionglóideach – *dreaming*   shroich sí – *she reached*

raibh sé ann chun an *ruaig a chur ar an ngadaí, agus bhí sé an-ard. Buíochas le Dia go raibh sé tagtha. Bhrúigh Hans doras na cistine ar oscailt.

Bhí an chistin ciúin, folamh ach bhí *séideán gaoithe ag teacht isteach mar bhí an cúldoras ar oscailt. Bhí plandaí ar sheilf amháin leagtha, iad ina *bpraiseach ar an urlár. D'imigh sé amach sa ghairdín agus bhí ar Shorcha é a leanúint, *cosnocht, mar bhí sí fós i ngreim láimhe aige.

Bhí an talamh fliuch. Bhíodar ag bogadh ar aghaidh go mall nuair a sheas sí ar rud éigin géar agus mhothaigh sí pian uafásach ina cos. Bhí an phian do-chreidte. Lig sí *osna aisti. "Mo chos, áá." Bhí gloine bhriste ar an talamh agus bhí sí tar éis a cos a ghearradh uirthi. Bhí sí ag *cur fola.

Stop Hans agus d'fhéach sé síos ar a cos. Gan *rabhadh a thabhairt di rug sé uirthi agus d'iompair sé ar ais go dtí an chistin í. Chuir sé síos i gcathaoir í agus rinne sé scrúdú ar a cos. Bhí sí ag cur fola go fóill ach ní raibh sé pianmhar a thuilleadh. "Ní dóigh liom go bhfuil *greamanna ag teastáil uait," a dúirt sé. Ghlan sé an chos agus chuir sé a chiarsúr timpeall air. D'fhág sé a lámh ar an gcos agus shuigh sé síos é féin agus a cos ar a ghlúin aige. Bhí Sorcha go breá compordach. Ansin mhothaigh sí lag. Mhothaigh sí go raibh sí chun *titim i bhfanntais. Thit sí i gcoinne Hans.

"Gabh mo leithscéal," a dúirt sí, miongháire ar a haghaidh.

"Tá tú ceart go leor, a Shorcha. Ar mhaith leat cupán caife," a d'fhiafraigh Hans di. "Nó ar mhaith leat gloine uisce beatha?"

24

---

ruaig a chur ar – *to chase*
séideán gaoithe – *a gust of wind*
ina bpraiseach – *in a mess*
cosnocht – *barefoot*
lig sí osna – *she sighed*

ag cur fola – *bleeding*
rabhadh – *warning*
greamanna – *stitches*
titim i bhfanntais – *to faint*

"Tae, bheinn an-sásta leis sin, go raibh maith agat." Rinne sé dhá chupán tae. Thug sé ceann di.

"Ceapaim go bhfuil duine éigin ag iarraidh tú a scanrú, nó b'fhéidir go bhfuil siad ag iarraidh tú a chiúiniú. An raibh a fhios agat go raibh gadaithe ag baint úsáide as Gailearaí na Cathrach chun fáil réidh le pictiúir agus go raibh Nicola agus Dáithí ag cabhrú leo?"

"Ní raibh. Cheap mé uaireanta go raibh rud éigin aisteach ar siúl eatarthu. Bhíodh an bheirt acu ag argóint agus ag troid go minic. Ach níor cheap mé go raibh aon rud *mí-dhleathach ar siúl."

"B'fhéidir go bhfuil eolas agat i nganfhios duit féin," arsa Hans. "Cad faoi Dháithí? Tá a fhios againn go raibh sé in éineacht le Nicola san Éigipt. Ach níl a fhios againn cá ndeachaigh sé ina dhiaidh sin. Ar labhair sé riamh leat faoi chairde thar lear?"

"Níor labhair."

"Bhuel, tá a fhios againn go bhfuil Dáithí ag úsáid airgid a bhí i gcuntas bainc aige ins na hOileáin Cayman anois. Tá a fhios ag na póilíní chomh maith go raibh sé féin agus Nicola le chéile in Utrecht i mí Dheireadh Fómhair. Tá cúpla milliún Euro sa bhanc ag Dáithí anois agus tá an chuma ar an scéal go bhfuil baint aige le *ciorcal coirpeach. Ní hamháin go raibh sé ag cabhrú leo pictiúir ghoidte a dhíol thar lear ach bhí seoda goidte i bhfolach sna frámaí i gcuid de na pictiúir a bhí ag teacht isteach. Tá na Gardaí ag iarraidh é a mhealladh ar ais go hÉirinn anois," a dúirt sé. "Ach ní féidir teacht air."

Don dara huair mhothaigh Sorcha go raibh sí chun titim

mí-dhleathach – *unlawful*
ciorcal coirpeach – *criminal ring*

i bhfanntais. Chonaic Hans an dath bán ar a haghaidh.

"Cá bhfuil an t-uisce beatha agat?" ar seisean

"Sa chófra sa seomra suite" ar sise go lag.

Bhí Hans ag an doras nuair a smaoinigh sí ar an bpictiúr a bhí ar crochadh sa seomra suite. Léim sí ina seasamh agus lean sí isteach é.

Nuair a chonaic Hans é baineadh geit as láithreach. Rinne sé dearmad ar an uisce beatha.

"Cá bhfuair tú é seo?" a d'fhiafraigh sé di. Bhí sé ag stánadh ar an bpictiúr. Smaoinigh Sorcha go raibh sé an-chosúil leis an bhfear sa phictiúr.

Thóg sé anuas an pictiúr agus rinne sé scrúdú cúramach air. D'fhéach sé ar an gcúl agus sna cúinní. D'úsáid sé scian bheag i gcúinne amháin chun an *séala a bhriseadh agus tharraing sé bosca beag amach. Scrúdaigh sé go mion é.

"Tá sé briste, an gcreidfeá é sin?" a dúirt sé.

"Beidh orm é seo a thabhairt liom," a dúirt sé. "Seo an pictiúr a chuireamar go hÉirinn le bailiúchán Picasso chun na gadaithe a mhealladh agus tá sé ar crochadh i do sheomra suite! Bhí seoda i bhfolach sa bhfráma againn."

"Bhí an pictiúr i mbosca a tháinig ón ngailearaí in Utrecht an bhliain seo caite," arsa Sorcha. "Dúirt Dáithí agus Nicola liom é a thógáil abhaile. Níl aon eolas agam faoi sheoda." D'fhéach Hans go míthrócaireach uirthi fad is a bhí sí ag caint. "Dúirt Dáithí go raibh sé chun é a phlé leis an ngailearaí san Ollainn. Níor theastaigh uaidh aon mhoill a chur ar oscailt an taispeántais. Cheap mé gur chuir sé glaoch ar

séala – *seal*

an ngailearaí. D'iarr Dáithí agus Nicola orm é a thógáil abhaile ar feadh tamaill ar eagla na heagla." Bhreathnaigh Hans ar an bpictiúr agus ansin ar Shorcha. Ní raibh a fhios ag Sorcha ar chreid nó nár chreid sé í.

"Bhí an pictiúr seo an-tábhachtach. Níl sé tábhachtach mar phictiúr ach bhí an gaireas beag seo ann. Is *gléas lorgaireachta é atá an-bheag agus éasca a leanúint," a dúirt Hans. Bhí duine éigin glic go leor chun na seoda a bhaint amach agus an pictiúr a thabhairt duitse. Ní dóigh liom go raibh a fhios acu go raibh an gléas lorgaireachta ann. Ach chlis ar an ngléas agus chaill na póilíní lorg an phictiúir.

"Chailleamar an ceangal a bhí againn, an bealach a bhí againn isteach i gciorcal na ngadaithe. Bhíomar an-chóngarach do bhriseadh isteach sa chiorcal nuair a bhris sé."

D'éist Sorcha leis. "Tá aiféala mór orm. Ba cheart dom a bheith tar éis insint duit faoin bpictiúr i bhfad roimhe seo ach níor cheap mé go raibh sé tábhachtach. An bhfuil aon *fhianaise agat go bhfuil daoine anseo páirteach sna coireanna seo?" ar sise.

"Níl aon fhianaise againn fós," a dúirt sé. "Bhí na gardaí ag iarraidh fianaise a bhailiú chun roinnt daoine a *chúisiú i mBaile Átha Cliath. Bhí cuid de na daoine seo á leanúint ag na poilíní san Ollainn. Bhí aithne ag na póilíní ar chuid de na gadaithe le bliain agus bhí a fhios acu go raibh *dlúthbhaint ag duine éigin i nGailearaí na Cathrach le ciorcal coirpeach sa Ghearmáin."

---

gléas lorgaireachta – *tracking device*   a chúisiú – *to charge*
fianaise – *evidence*   dlúthbhaint – *close connection*

"Caithfidh mise an pictiúr seo a thabhairt isteach anois agus tuairisc a chur ar ais go dtí an Ollainn." D'fhéach sé ar an bpictiúr agus ansin ar Shorcha.

"An dóigh leat go bhfuil sé go maith?" a d'fhiafraigh sé di.

"Is maith liom go mór an fuinneamh atá ann."

"An maith leat? Sea. Bhuel, bhí fráma trom air ach níl sé trom a thuilleadh," a dúirt sé go díomách. Tá na seoda sciobtha. Tá siad bailithe ag duine éigin. Níl aon rud anseo ach is fiú go mór an pictiúr a bheith aimsithe againn. Ní dóigh liom go bhfuil sé luachmhar mar phictiúr," a dúirt sé.

"Bhuel, beidh mé uaigneach ina dhiaidh. Is maith liomsa go mór é. Ceapaim go bhfuil sé an-mhaith. Ach ní raibh aon eolas agam faoi na seoda. An gcreideann tú mé?" a dúirt sí. "Bhí tuairim agam go raibh Dáithí agus Nicola ag eagrú rud éigin, ach níor cheap mé go raibh siad páirteach i gciorcal coirpeach, Dáithí ach go háirithe." D'fhéach Hans go hamhrasach uirthi.

"Bhuel, níl aon *chruthú againn fós ach tá an chuma ar an scéal go bhfuil Dáithí páirteach ann."

Bhí súile crua Hans ag féachaint go géar ar Shorcha. Bhraith sí go raibh sí i seomra na cúirte agus gurbh eisean an breitheamh. Ghoill a chaint go mór uirthi.

"Tá aithne agam ar Dháithí ó bhí sé ina bhuachaill óg. Tá sé amaideach agus drochbhéasach uaireanta ach níor cheap mé go ligfeadh sé domsa a bheith páirteach i rud mar seo. Is deacair dom é a chreidiúint."

"Mura bhfuil aon rud le ceilt ag Dáithí b'fhearr dó teacht abhaile agus a scéal a insint do na gardaí. Tusa

cruthú – *proof*

atá ag déanamh buartha dom anois. Is léir go bhfuil duine éigin amuigh ansin atá ag iarraidh rud éigin a ghoid uait. Fanfaidh mé anseo anocht, más maith leat. Is féidir liom fanacht anseo – thíos staighre."

"Ní gá duit, in aon chor. Ná bí buartha. Tá mé lán ábalta aire a thabhairt dom féin."

"Ceart go leor, má tá tú sásta a bheith leat féin, rachaidh mé abhaile." Agus é ag dul amach an doras ghabh sí buíochas leis as an gcúnamh a bhí tugtha aige di. Sheas Hans ag féachaint uirthi ar feadh nóiméid. Cheap sí go raibh sé chun í a phógadh, ach ansin d'iompaigh sé uaithi agus d'imigh sé leis.

Dhún sí an doras ina dhiaidh agus chuaigh sí in airde staighre. Luigh sí síos arís agus smaoinigh sí ar Hans, ar na lámha móra sin a d'iompair isteach ón ngairdín í agus a chuir bindealán ar a cos. Ach ba dheacair di a chreidiúint go raibh baint ag Dáithí le ciorcal coirpeach.

Ní raibh a fhios aici gurb é Dáithí a bhris isteach ina teach níos luaithe, go raibh sé ag lorg bia sa chuisneoir agus ag iarraidh airgead a ghoid as a sparán. Bhí Dáithí ar ais i mBaile Átha Cliath agus é *ar a theitheadh ó na Gardaí.

ar a theitheadh – *fleeing, on the run*

Caibidil a Cúig

Sorcha i gcontúirt arís

An lá dar gcionn, bhí Sorcha ar ais ina hoifig. Bhí an ghrian ag taitneamh isteach an fhuinneog agus bhí gach rud in eagar, beagnach, don chéad taispeántas eile. Bhí sí ar buile léi féin nuair a thug sí faoi deara go raibh sí ag smaoineamh ar Hans. Bhí sí ag smaoineamh arís ar na lámha móra láidre sin a d'iompair isteach chuig an gcistin í. Rinne sí iarracht é a chur amach as a ceann. Bhí taispeántas nua le heagrú aici. Chrom sí ar a cuid oibre ach i *nganfhios di féin, bhí sí ag canadh an amhráin, "An Paistin Fionn," ós íseal.

"Is tusa mo rún, mo rún, mo rún,

Is tusa mo rún is mo ghrá geal."

Bhuail an teileafón i lár na maidine. Ní raibh éinne ar an líne nuair a d'fhreagair sí é. Ansin fuair sí glaoch ar a fón póca. Labhair an duine i gcogar ach d'aithin sí ar an *toirt é.

"A Shorcha? Bhfuil tú i d'aonar? Dáithí anseo."

i nganfhios di – *unbeknownst to her*
ar an toirt – *immediately*

"A Dháithí, cá bhfuil tú? Cá raibh tú?"

"Ná bac leis sin anois. Caithfidh tú rud éigin tábhachtach a dhéanamh dom." Bhí Dáithí imithe gan tásc gan tuairisc le sé sheachtain anois. Cad ba chóir di a dhéanamh? Bhí eagla uirthi anois. Bhí rud éigin bun os cionn.

"An féidir leat an *gar seo a dhéanamh dom? Téigh go dtí mo theachsa agus faigh bosca dom. Tá piollaí ann agus tá siad ag teastáil go géar uaim. Tá seanchóta liath de mo chuid ar crochadh sa *phluais faoin staighre. Má chuireann tú do lámh sa phóca ar clé gheobhaidh tú an bosca. Téigh ann ag a seacht. Ní bhíonn na *comharsana béal dorais ann ag an am sin. Agus ná hinis d'éinne go bhfuil tú ag dul ann. Tabhair abhaile an bosca agus coimeád sa teach é go dtí go bhfaighidh tú glaoch teileafóin uaimse. Ná déan aon rud go dtí go gcloiseann tú uaim. Tá sé seo an-tábhachtach." An mbeidh tú ábalta é sin a dhéanamh?"

"Bhuel, ceart go leor, beidh, cinnte, a Dháithí. Ná bí buartha. Ach tá a fhios agat go bhfuil na Gardaí ar do lorg."

"Ta a fhios sin agam. Níl mé buartha. Ní féidir leo teacht orm. Caithfidh mé imeacht. Slán leat, a Shorcha. Tá mé ag brath ort."

"Ach, a Dháithí," arsa Sorcha, ach bhí an líne marbh. Bhí go leor ceisteanna le cur aici ar Dháithí ach ba léir nach raibh sé réidh len iad a fhreagairt. Ar chóir di glaoch a chur ar Hans? Níor theastaigh uaithi é sin a dhéanamh. B'fhéidir go raibh amhras ar Hans fúithi. B'fhéidir nár chreid sé í. Agus bhí sí tar éis geallúint a

---

gar – *favour*   comharsana – *neighbours*
pluais – *cave, den*

thabhairt do Dháithí. "Tá an fear bocht i dtrioblóid," a dúirt sí léi féin. Sular fhág sí an gailearaí, fuair sí glaoch teileafóin ó Hans.

"An bhfuil tú gnóthach, a Shorcha?"

"Bhuel, chun an fhírinne a rá, tá. Caithfidh mé tiomáint trasna na cathrach chun rud éigin a bhailiú do chara liom. An raibh tú ag iarraidh caint liom?"

"Tá mé ag iarraidh caint leat. Ach is féidir liom bualadh isteach ort sa bhaile níos déanaí más maith leat?"

"Ceart go leor. Buail isteach orm ag a deich a chlog. Tá a fhios agat cá bhfuil mé i mo chónaí," a dúirt sí, agus í ag gáire.

Bhí sé dorcha nuair a thiomáin sí suas go dtí teach Dháithí. Bhí sí déanach. Bhí sé thart ar a hocht a chlog. Bhí a fhios aici cá raibh an *eochair i bhfolach ag Dáithí. Chuir sí isteach sa doras tosaigh é agus d'oscail sí an doras.

Bhí an áit chomh dubh le pic. Bhí sé fuar agus ciúin. Shiúil sí isteach – a ceann san aer cé go raibh sí neirbhíseach. Chuir sí a lámh ar an mballa agus tháinig sí ar an *lasc soilse. Níor tharla dada. Bhí an leictreachas gearrtha sa teach. Ní raibh aon tóirse aici. Shiúil sí isteach sa halla go mall, cúramach agus ar aghaidh go dtí an chistin. D'fhéach sí sa seomra suite agus sa seomra bia. Bhí na cathaoireacha, an bord agus na leabhair ar fad imithe as an seomra seo.

Chuala sí fothram thuas staighre. Níor bhog sí. Stad sí i lár an urláir, *reoite ar an spota, *cailcithe ag an bhfaitíos. Bhí doras na pluaise faoin staighre ar

32
eochair – *key*   reoite – *frozen*
lasc soilse – *light switch*   cailcithe – *petrified*

leathadh. Chrom sí síos agus chuaigh sí isteach ann. Dhún sí an doras go han-chúramach agus shleamhnaigh sí sean-eolaí teileafóin, a bhí ar an urlár ina choinne. Bhí a *cuisle ag rasaíocht. Bhí eagla an domhain uirthi.

Bhí an cóta ar crochadh sa phluais mar a dúirt Dáithí agus d'éirigh léi an bosca a aimsiú sa phóca. Ní raibh sé morán níos mó ná bosca toitíní.

Chuala sí duine ag teacht anuas an staighre. Céimeanna troma. "Fear," a cheap sí. Stop an stráinséir ag doras na pluaise.

Stop sí *ag tarraingt anála. D'fhan sí chomh ciúin le luch. Bhí a croí ina béal. Stop an fear sa halla. Chuala sí é ag tarraingt a anála. Fear a chaitheann go leor toitíní, a cheap sí. Is bleachtaire maith mé, a dúirt sí léi féin, ag éirí an-sásta léi féin. Lean an fear ag siúl. Chuaigh sé isteach sa chistin. Chas sé agus tháinig sé amach. Stop sé ag an doras faoin staighre. Bhrúigh sé isteach go mall é. Bhí an doras ar leathoscailt aige, nuair a bhuail a fhón póca.

"Níl mé insan oifig," ar seisean. D'aithin Sorcha an guth láithreach. Ciarán Ó Floinn a bhí ann, iar-fhear céile Nicola. "Cosúil le haon fhear gnó, beidh mé ag mo dheasc ar maidin agus beidh tú ábalta teacht isteach chugam… Ceart go leor," ar seisean leis an duine ar an líne.

Dhún sé an fón agus dhún sé doras na pluaise faoin staighre. Lig Sorcha a hanáil amach go mall.

D'imigh an Floinneach amach an cúldoras agus d'fhan Sorcha sa phluais ansin ar feadh i bhfad. Bhí sí ró-scanraithe le bogadh. Bhí sé beagnach a deich a chlog

cuisle – *pulse*
ag tarraingt anála – *breathing*

nuair a tháinig sí amach.

D'fhág sí an teach agus an bosca ina póca aici. Nuair a shroich sí an baile chuir sí sa chófra sa seomra suite é. Rinne sí tae agus chuala sí clog an dorais ag bualadh. Bhí Hans tagtha.

Shiúil sé caol díreach isteach sa chistin gan focal a rá. Bhí cuma fheargach air. Níor thug sé aon aird ar an gcupán tae a shín Sorcha chuige. Mhothaigh sí na cosa ag lúbadh fúithi. Shuigh sí síos. D'fhan Hans ina sheasamh. "Teastaíonn uaim labhairt leat faoi dhúnmharú Nicola. Ceapann na Gardaí gurb é do chara Dáithí a mharaigh í agus anocht chonaic siad tusa ag dul isteach ina theach agus ag teacht amach as. Murach gur thug mé ordú dóibh gan baint leat bheifeá ag caitheamh na hoíche i bpríosún Mhuinseo anocht. Cad a bhí ar siúl agat ansin? An raibh Dáithí i dteagmháil leat? Ar iarr sé ort dul ann? Mura n-insíonn tú iomlán na fírinne dom *cuirfidh mé fios ar na Gardaí agus ligfidh mé dóibh siúd na ceisteanna a chur ort."

Bhí deora i súile Sorcha agus bhí crith ina guth.

"Ghlaoigh Dáithí orm san oifig. D'iarr sé orm dul chuig a theach agus bosca piollaí a fháil dó. Bhí mé chun é sin a insint duit ach theastaigh am uaim chun machnamh a dhéanamh."

"Cá bhfuil an bosca piollaí seo?" arsa Hans go searbhasach.

"Istigh sa chófra in aice leis an mbuidéal uisce beatha."

"Shiúil Hans isteach sa seomra suite agus tháinig sé ar ais leis an mbosca. D'oscail sé é. Ní piollaí a bhí ann

cuirfidh mé fios ar – *I will send for*

ach trí sheoid bheag ghorm fillte i bpáipéar bog agus ceithre ghrianghraf daite.

"Seo an cruthúnas a bhí ag teastáil uainn," ar seisean. "Seo na seoda a bhí i bhfolach againn i bhfráma an phictiúir ar bhaist tú "Timpiste ag Bagairt" air. Tá an chuma ar an scéal gurb é Dáithí nó Nicola a thóg amach iad sular thug siad an pictiúr duitse."

"B'fhéidir gur thóg ach ní dóigh liom go bhfuil Dáithí ciontach i ndúnmharú Nicola."

Rinne sí scrúdú ar na grianghraif a bhí sa bhosca.

"Seo grianghraif de na pictiúir a chonaic mé in oifig Nicola lá amháin.

"Bhí pictiúir bhréige á ndéanamh acu," a dúirt Hans. "Bhí na pictiúir seo á dtabhairt acu go dtí ealaíontóir. Nílimid cinnte cérbh é ach ceapaimid go raibh Ciarán Ó Floinn ag cabhrú leo iad a dhíol.

"Bhí Ciarán Ó Floinn ag an teach nuair a chuaigh mise isteach chun an bosca a bhailiú." D'inis sí do Hans cad a tharla.

"Is dócha go raibh sé ag iarraidh a fháil amach an raibh aon rud i dteach Dháithí a cheanglódh eisean leis an ngnó a bhí ar siúl ag Dáithí agus Nicola. Ach bhí tú féin i gcontúirt mhór. Dá mbéarfadh sé ort sa teach ní fios cad a dhéanfadh sé."

Stán Hans uirthi agus *chuimil sé a smig.

"An raibh sé i gceist ag Dáithí an bosca seo a bhailiú uait a Shorcha?" a d'fhiafraigh sé.

"Dúirt sé go gcuirfeadh sé glaoch orm."

---

chuimil sé – *he rubbed*

"Nuair a chuireann sé glaoch ort abair leis go bhfuil an bosca agat ach go mbeidh air teacht go dtí do theachsa chun é a bhailiú."

"Déanfaidh mé é sin. Ach cá mbeidh tusa?"

"Beidh mé i bhfolach sa teach. Faoin staighre b'fhéidir."

"An dóigh leatsa gurb é Dáithí a mharaigh Nicola?"

"Níl a fhios againn fós cad a tharla di. Is léir go raibh sí ag baint úsáide as Dáithí agus as an ngailearaí chun pictiúir ghoidte a dhíol." Bhí béal Shorcha tirim.

"Ceapann tú go bhfuil Dáithí ciontach mar sin."

"Ceapaim."

"B'fhéidir go bhfuil an ceart agat," arsa Sorcha.

D'iarr Hans uirthi cur síos a dhéanamh ar Dháithí arís. D'éist sé go cúramach léi.

"Bhí aithne againn ar a chéile sa bhunscoil. Bhí sé ina chónaí ar an taobh thall den bhóthar uainn chomh maith agus nuair a bhuail mé leis sa chathair blianta ina dhiaidh sin bhí sé an-chineálta, an-chairdiúil. Ach nuair a tháinig Nicola go dtí an gailearaí, tháinig athrú air. D'éirigh sé aisteach," a dúirt Sorcha. Bhí Hans ag scríobh rudaí ina leabhar nótaí arís.

"Ní raibh Nicola ró-chairdiúil liomsa ach d'éirigh linn comhoibriú le chéile. Bhí sí in *iomaíocht le Dáithí ag an tús ach de réir a chéile d'éirigh siad an-mhór le chéile."

"An raibh tusa mór le Dáithí?" a d'fhiafraigh Hans di. D'fhéach sé isteach ina súile.

in iomaíocht le – *in competition with*

"Tá a fhios agat go raibh mé ag siúl amach leis ar feadh tamaill ach níor theastaigh uaidh leanúint ar aghaidh leis sin. Is dócha nár thuig mé é ag an am ach bhí áthas orm, i ndáiríre, nuair a chuir sé deireadh leis mar bhí sé an-údarásach agus *taghdach."

"Conas mar a mhothaíonn tú anois?" a d'fhiafraigh Hans di.

"Uaireanta bím ar buile leis as mé a tharraingt isteach sa ghnó seo agus uaireanta eile bíonn trua agam dó. Bhí trua agam dó nuair a d'iarr sé orm an bosca a fháil dó. Ach ní raibh a fhios agam cad a bhí istigh ann. Chreid mé é nuair a dúirt sé gur piollaí a bhí ann. Caithfidh tú mé a chreidiúint."

"Is dócha go gcreidim tú ach ní dóigh liom go bhfuil na Gardaí sásta fós. Mar sin má chuireann Dáithí glaoch ort arís bí cinnte go n-insíonn tú dom é. Agus ná déan aon rud amaideach mar is fear dainséarach é. Tabharfaidh mé an bosca seo liom anois agus taispeánfaidh mé do na Gardaí é, ach tabharfaidh mé ar ais duit amárach é." D'éirigh sé ansin agus shiúil sé i dtreo an dorais.

Sa ghailearaí an lá dár gcionn thug sé an bosca ar ais di agus na seoda agus na grianghraif ann. "Abair liom má tharlaíonn aon rud aisteach nó má thugann tú aon rud faoi deara," a dúirt Hans léi ag breathnú uirthi go géar. "Tá Dáithí dainséarach. Ná téigh sa seans, ar chor ar bith. Beidh mé cóngarach duit an lá ar fad."

I nganfhios don bheirt acu bhí Dáithí ag ól caife i mbialann cóngarach don ghailearaí. D'fhan sé ansin ar feadh na maidine agus é ag faire ar an ngailearaí. Bhí a

taghdach – *impulsive*

fhios aige go raibh Sorcha istigh ann. Chuirfeadh sé glaoch uirthi nuair a bheadh sé réidh.

Agus bhí Ciarán Ó Floinn ag coimeád súil ghéar ar imeachtaí Shorcha chomh maith. Bhí a fhios aige go raibh Dáithí ar ais sa tír. Bhí a fhios aige go raibh na Gardaí ag iarraidh é a chúisiú i ndúnmharú Nicola. Luath nó mall bhéarfadh na Gardaí air agus d'inseodh Dáithí dóibh faoin mbaint a bhí aige leis an gciorcal coirpeach. Bheadh air Dáithí a chiuiniú sula bhfaigheadh na Gardaí é. Bhí Dáithí mór le Sorcha. Luath nó mall dhéanfadh sé iarracht teagmháil a déanamh léi

Bhí an triúr fear – Hans, Dáithí agus Ciarán Ó Floinn – ag pointí éagsúla ag faire ar fhuinneoga Shorcha. Bhí *líon an damháin alla ag éirí níos dlúithe.

líon an damhain alla – *spider's web*

Caibidil a Sé

Glaoch ó Dháithí

Um thráthnóna, tháinig an glaoch. "A Shorcha, caithfidh mé bualadh leat go práinneach. Tá na póilíní ar mo lorg. Caithfidh mé éalú ón tír, go tapaidh. An bhfuil an bosca agat? A Shorcha, an bhfuair tú é?" a d'fhiafraigh sé di.

"Fuair, a Dháithí. Tá sé agam."

"Caithfidh mé é a bhailiú uait. Ach tá na Gardaí i ngach áit. Caithfidh mé a bheith cúramach."

"Tar chugamsa. Ní dóigh liom go bhfuil siad ag faire ar an teach ach ar eagla na heagla tar chuig an cúldoras. Tar ag a deich a chlog."

"Beidh mé ann. Ní bheidh mé déanach, tá mé ag brath ort," a dúirt sé agus chroch sé suas an guthán.

Bhí Hans san oifig le Sorcha. Chraith siad láimh lena chéile. Bhí an socrú déanta.

D'fhéach sí ar a huaireadóir.

"Tá sé beagnach a sé a chlog anois," a dúirt sí.

"Níl mórán ama fágtha againn. Caithfimid *ullmhúcháin a dhéanamh chun an plean a chur i gcrích. Téigh tusa abhaile agus beimid leat i gceann tamaillín." D'fhág sí slán aige agus d'imigh sí.

Nuair a d'oscail sí an doras sa bhaile bhí a fhios aici go raibh cuairteoir éigin tar éis a bheith sa teach. Bhí doras an tseomra suite ar oscailt agus chonaic sí ón halla go raibh na páipéir a bhí i dtarraiceáin an chófra caite ar an urlár. Rith sí suas staighre. Bhí duine éigin tar éis *rannsú a dhéanamh ar na tarraiceáin sa seomra leapa freisin. Bhí fo-éadaí, seoda, boscaí *smidte agus scairfeanna scaipthe ar an urlár.

Chuir sí glaoch ar Hans. Bhí eagla uirthi. Bhí a guth ag crith.

"Déan deifir," a dúirt sí leis. Nuair a chroch sí suas an teileafón, chuala sí cnag ar a doras láithreach bonn. Baineadh geit aisti nuair a d'fhéach sí amach agus chonaic sí Hans ina sheasamh ann.

"Cén módh taistil atá aige?" ar sise léi féin.

"Bhí mé lasmuigh." Rug sí greim láimhe air agus tharraing sí isteach sa halla é.

Dhún sí an doras agus chuir sí faoi ghlas é. "A Shorcha, ná bí buartha, tá an robálaí díreach faighte againn, Ciarán Ó Floinn a bhí ann. Tá an chuma air gur cheap sé gur thug Dáithí na seoda sin a bhí sa bhosca duitse." Thosnaigh sé ag scríobh rudaí síos ina leabhar nótaí.

"An mbeidh tú ceart go leor?" a d'fhiafraigh Hans di.

rannsú – *ransack*
smideadh – *make-up*

"Gan amhras," a d'fhreagair sí. "Tá mé ceart go leor. Ná bíodh aon imní ort."

"Go raibh míle maith agat as ucht do chuid cabhrach. Tá tú thar a bheith cróga."

Ní raibh eagla dá laghad uirthi. *Sceitimíní a bhí uirthi, chun an fhírinne a rá.

"Is mise an cháis," a dúirt sí leis.

"Ní luch atá tú ag iarraidh a mhealladh ach francach," ar seisean.

"Ní francach é. Is duine é atá caillte, ní thuigeann mórán daoine é. Tá sean-aithne agamsa air. Níl eagla ar bith orm. Ná bíodh eagla ortsa," arsa Sorcha. "Filleann an *feall ar an *bhfeallaire, agus beidh sibhse i bhfolach an t-am ar fad. Ach ní dóigh liom go mbeidh Dáithí ábalta lámh a leagan ormsa. Tá aithne againn ar a chéile ó bhíomar an-óg, tá a fhios agat."

sceitimíní – *excitement*   feallaire – *traitor*
feall – *treachery*

Caibidil a Seacht

An Cháis sa Ghaiste

D'fhan sí ina suí sa chistin. Bhí a fhios aici go raibh an t-Ollannach agus na Gardaí mórthimpeall uirthi. Bhíodar i bhfolach sa ghairdín, thuas staighre agus faoin staighre. Bhí Hans ann chomh maith ach ní raibh a fhios aici cá raibh sé. Bhí éadaí dubha orthu go léir. Bhí an *téipthaifeadán ar siúl cheana féin. Bheadh uirthi *faoistin a fháil ó Dháithí.

Bhí sí ag caitheamh gúna buí. Bhí smidiú ar a haghaidh aici. Bhí sí gléasta suas do Dháithí. D'oscail sí cúldoras na cistine agus d'fhéach sí amach. Oíche gheal a bhí ann, bhí an ghealach lán. "Staic-staic-staic," a chuala sí ón *ngléas éisteachta a bhí á iompar ag duine de na Gardaí. Tháinig fothram ard as a mála ar an mbord sa chistin. D'imigh sí isteach arís agus labhair sí isteach ann.

"Cloisim sibh. Tá mé ceart go leor."

"Staic-staic-staic," a chuala sí ag teacht anuas an staighre. Thóg sí a gléas féin amach agus chogar sí

téip-thaifeadán – *tape-recorder*   gléas éisteachta – *listening device*
faoistin – *confession*

isteach ann. Hans a bhí ann. "Hans, níl éinne anseo. Tá mé ceart go leor. Tá mé ag fanacht."

"Tá mé in ann gach rud a chloisteáil. Ná bí buartha," a dúirt sé léi.

De réir a chéile, stop na gléasanna. Bhíodar go léir ciúin. Stop sí os comhair fhuinneog na cistine. Cheap sí go bhfaca sí rud éigin ag bogadh in aice an chrainn bhig sa ghairdín lasmuigh. Chonaic sí géaga an chrainn ag luascadh. Bhí a croí ag preabadh. Bhí sí ag éirí neirbhíseach. Chuala sí duine éigin ag déanamh casachta. Casacht fir a bhí ann.

Chas sí timpeall agus d'fhéach sí go géar ar an gcúldoras. Bhí duine éigin ann ag breathnú isteach tríd an ngloine uirthi.

"Lig isteach mé agus ná déan moill."

Shiúil sí trasna go dtí an doras agus d'oscail sí é. Bhí Dáithí ina sheasamh sa dorchadas.

"Tar isteach. Tá an bosca agam duit," a dúirt sí. "Brostaigh ort. Tá go leor stráinséirí thart anocht."

Chuaigh siad isteach go dtí an seomra suite. Thug sí an bosca dó agus d'oscail sé é. Bhreathnaigh sé go cúramach ar gach rud.

"Bhí a fhios agam go bhféadfainn brath ort, go mbeifeá mar chara buan agam. Abair liom nach gcreideann tú na ráflaí."

"Ní chreidim, ach d'imigh tú ar saoire le Nicola, agus maraíodh í," a dúirt Sorcha.

"Bhuel, sin scéal casta agus níl an t-am agam é a mhíniú duit."

"Fan, ar mhaith leat rud éigin le n-ól, a Dháithí?"

"Níor mhaith. Tá an bosca agam anois. Sin an t-aon rud amháin atá ag teastáil uaim. Ná ceap nár thug mé an stráinséir ard fionn sin faoi deara. An bhfuil tú mór leis? Abair liom."

Leis sin, thit rud éigin thuas staighre agus léim Dáithí. D'fhéach sé go fíochmhar ar Shorcha. Go tapaidh, tharraing sé scian óna phóca agus rug sé greim láimhe ar Shorcha.

"Cheap mé go raibh tú dílis ach tá duine sa teach, a Shorcha. Ní maith liom é sin. Bhrúigh sé an scian suas faoina smig go dtí gur ghortaigh sé í.

"Stad," a dúirt sí. "Stad. Cad tá á dhéanamh agat? Bhí mé dílis duitse ar feadh i bhfad fiú nuair a d'imigh tú le Nicola." Bhí guth Shorcha ag crith le heagla.

"Dún do chlab, a *striapach," a dúirt Dáithí. "Tá tusa ag teacht liomsa," a dúirt sé agus é ag brú na scine isteach ina craiceann.

Thosaigh Sorcha ag caint ionas go bhfaigheadh Hans an fhianaise a bhí á lorg aige. "Ach d'imigh tú go dtí an Éigipt le Nicola. Bhí a fhios agat go raibh rudaí mídhleathacha ar siúl aici sa ghailearaí. Ní raibh aon bhaint agatsa leo. Ní chreidim go bhfuil tú ciontach cé go bhfuil na Gardaí ag iarraidh teacht suas leat."

"Tá mé ciontach, a óinseach, an gcloiseann tú mé. Mise a rinne é. Mise a bhí ann. Cé heile a dhein é? Bhí mise in éineacht léi."

Leis sin, rug Dáithí greim daingean uirthi agus tharraing sé amach go dtí an halla í. "D'éirigh Nicola

44

striapach – *harlot*

ró-shantach. Chuir mé an scian seo ina croí agus tá mé chun an rud céanna a dhéanamh leatsa anois, a striapach," a bhéic sé. Chaith sé síos ar an úrlár í.

"Stad, a Dháithí, stad, tá tú as do mheabhair. Níl tú cruálach mar sin. Scaoil liom," a dúirt Sorcha, ach níor stop Dáithí. Tharraing sé Sorcha síos an halla i dtreo an staighre.

"Cruálach, tá mé cruálach cosúil le mo mháthair, cosúil le Nicola, cosúil le Ciarán Ó Floinn, cosúil leatsa. Tá mise in ann daoine a mharú. An gcreideann tú mé? An bhfeiceann tú an scian seo. An bhfuil eagla ort anois, a stóirín?"

"Ní chreidim tú," a dúirt Sorcha cé go raibh sí beagnach ag gol. "Ní chreidim tú. Ní dhroch dhuine tú."

Leis sin, léim Hans anuas ó bharr an staighre síos ar Dháithí. Rug sé greim ar a ghruaig agus tharraing sé Dháithí suas san aer, ach lúb Dáithí agus rinne sé iarracht Hans a ghortú leis an scian. Thit an bheirt acu i gcoinne dhoras na cistine.

Bhí gunna i lámh Hans agus chuala sí an t-urchar a bhí dírithe ar bholg Dháithí. Thit an scian óna láimh. Shleamhnaigh sé síos ar an úrlár. Bhí a lámh gortaithe chomh maith. Thosaigh sé ag caoineadh anois.

"Tusa," a dúirt sé ag casadh ar Shorcha, "bhí a fhios agam go ligfeá síos mé!" a bhéic sé.

"Tá mé gafa anois acu," a dúirt sé. "gafa."

Caibidil a hOcht

Freagraí agus fuascailt

Bhailigh na Gardaí timpeall ar Dháithí.

Chuir Hans a dhá lámh timpeall ar Shorcha. "Tá tú an-chiúin, a Shorcha," a dúirt sé. "An bhfuil tú *gortaithe?"

"Níl mé gortaithe, a Hans. Tá mé *traochta. Ní theastaíonn uaim ach dul a chodladh, sin an méid, is dócha," ar sise. "An bhfuil tú chun ligean dom luí síos?"

"Ar ball. Teastaíonn uaim caint leat ar dtús. Chuala tú é. Teastaíonn uaim a mhíniú duit gur mharaigh Dáithí Nicola. Bhí sé mí-ionraic le gach duine. Tá sé gafa anois againn. Caithfidh tú na *fíricí a chreidiúint.

Leis sin, d'oscail Dáithí a shúile agus d'ardaigh sé a cheann. "A Shorcha, ní mise a mharaigh í. Bhí sí ag déanamh gnó leis na ceannaitheoirí san Éigipt sular tháinig mise ar an láthair."

D'iompaigh Sorcha ar a seanchara. "Inis an fhírinne dom mar sin. Cén fáth go raibh tú ar do theitheadh ó na Gardaí?"

46

gortaithe – *hurt*
traochta – *exhausted*
fíricí – *facts*

"Tháinig mé ar ais anseo chun an scéal a insint do na Gardaí. Caithfidh tú é sin a chreidiúint. Ach tá na Gardaí cinnte gur mise a rinne an marú. Ní mé a rinne é. Tháinig mé ar ais chuig an óstán i gCaireo lá amháin agus bhí sí ina luí marbh sa seomra folctha agus a scornach gearrtha. Bhuail sí *bob ar cheannaitheoir éigin ansin agus mharaigh siad í. Ní raibh aon bhaint agamsa leis. An gcreideann tú mé? An gcreideann tú mé?" Lean Dáithí ag síor-chaint go dtí gur thit sé *gan aithne gan urlabhra ar an úrlár.

Tar éis tamaill tháinig an *t-otharcharr agus tógadh go dtí an t-ospidéal é. Bhí beirt Ghardaí in éineacht leis.

Dhá lá ina dhiaidh sin, nuair a bhí Sorcha ar ais ag a deasc, chuir Hans glaoch uirthi.

"Tá Dáithí cúisithe ag na Gardaí, i ngoid phictiúr," a dúirt sé. "Ach má thugann sé go leor eolais faoin gciorcal coirpeach b'fhéidir nach mbeidh air tréimhse ró-fhada a chaitheamh i bpríosún. Tá na Gardaí sásta anois nach é a mharaigh Nicola"

47

bhuail sí bob air – *she played a trick on him*   otharcharr – *ambulance*

Caibidil a Naoi

Críoch an Scéil

Nuair a bhí Hans sásta go raibh na freagraí go léir aige thug sé cuairt ar Shorcha agus bhí féirín aige di. Shín sé rud mór *cearnógach a bhí fillte i bpáipéir donn chuici.

"Ceapaim gur thaitin an pictiúr seo leat. Bhaist tú é pé scéal é agus ba mhaith liom é a thabhairt duit." D'oscail Sorcha an bheart. Bhí áthas an domhain uirthi an féirín a ghlacadh uaidh. "Timpiste ag Bagairt" a bhí ann.

"Seo duit é," a dúirt Hans go cúthail. "Is mise a dhein é. Péintéireacht an caitheamh aimsire atá agam. Rinne mé é chun greim a fháil ar an gcoirpeach. Lean mé turas an phictiúir. Bhí a fhios agam go raibh sé i mBaile Átha Cliath in áit éigin. Nuair a fuair mé an pictiúr bhí a fhios agam go raibh mé ag druidim le deireadh an turais."

"Go raibh míle maith agat," a dúirt sí. "Bhí a fhios agam i gcónaí go raibh rud éigin speisialta ag baint leis an bpictiúr seo."

cearnógach – *square-shaped*

Bhí Dáithí i bpríosún agus ag fanacht ar a thriail. Bhí a fhios acu anois gurbh í Nicola a bhí ina ceannaire ar chiorcal coirpeach i mBaile Átha Cliath. Mheall sí Dáithí chun titim i ngrá léi. Ansin bhain sí úsáid as agus as a post sa ghailearaí chun pictiúir ghoidte a dhíol. Chuir sí iachall air dul go dtí Caireo chun cabhrú léi pictiúir a goideadh sa Ghearmáin a dhíol agus is ansin a tharla a dúnmharú.

Fuair na ceannaitheoirí amach gur pictiúr bréige a bhí i gceann dena pictiúir agus maraíodh í. Theith Dáithí nuair a chonaic sé corp Nicola sínte sa seomra folctha san ostán i gCaireo. Chaith sé tamall i ndeisceart na Spáinne ach nuair ba léir dó go raibh na póilíni ansin ag faire air d'fhill sé ar Bhaile Átha Cliath le pas bréige. Bhí sé ag beartú margadh a dhéanamh leis na Gardaí. Thabharfadh sé eolas doibh faoin gciorcal coirpeach agus scaoilfidís saor é. Ach nuair a fuair sé amach go raibh na Gardaí ag iarraidh é a chúisiú i ndúnmharú Nicola tháinig eagla air agus chuaigh sé ar a theitheadh.

Hans a d'inis é seo ar fad do Shorcha maidin Shathairn amháin nuair a bhuail sé isteach uirthi sa bhaile chun slán a rá léi. Bhí sé ag dul ar ais go hUtrecht. Bhí bláthanna buí ina láimh aige agus shín sé chuici iad.

"Go raibh míle maith agat," a dúirt sí.

"B'fhéidir gur mhaith leat teacht ar cuairt chugam in Utrecht?" ar seisean.

"Bheadh sé sin an-deas."

"Ba bhreá liom tú a fheiceáil arís," a dúirt sé. "Cuirfidh mé glaoch ort, mar sin."

"Ceart go leor. Beidh mé ag tnúth leis sin."

"Ar mhaith leat cupán caife?" a d'fhiafraigh sí de.

"Bheadh sé sin go hálainn," a dúirt sé ag suí síos ar a tolg. Ba léir nach raibh fonn air imeacht. Bhí "Timpiste ag Bagairt" ar crochadh arís sa seomra suite. D'fhéach Hans sna súile uirthi. Bhí croí Shorcha ag preabadh. Bhí timpiste ag bagairt ceart go leor…

Gluais

admháil – *receipt*
aiféala – *regret*; tá aiféala orm – *I am sorry*
anáil – *breath*
bagarthach – *threatening*
bob – *trick*; bhuail sí bob air – *she played a trick on him*
brath ar – *depend on*
bréan de – *fed up with*
(ag) brionglóideach – *dreaming*
cailcithe – *petrified*
caimiléireacht – *crookedness*
casacht – *cough*
cearnógach – *square-shaped*
chuimil sé – *he rubbed*
ciorcal coirpeach – *criminal ring*
clár – *programme*
cneasta – *kind*
cogar – *whisper*
colscaradh – *divorce*
comaoin – *obligation*; faoi chomaoin ag – *obliged to*
comharsana – *neighbours*
corraithe – *agitated*
cosnocht – *barefoot*
crochadh – *to hang*
croiméal – *moustache*
cruthú – *proof*
cuirfidh mé fios ar – *I will send for*
cúisiú – *to charge*; cúisiú i ndúnmharú – *to charge with murder*
cuisle – *pulse*
(ag) cur fola – *bleeding*
déileáil leo – *deal with them*
deontas – *grant*
dlúthbhaint – *close connection*
drochbhéasach – *bad mannered*

droch-ghiúmar – *bad humour*
dualgas – *obligation*
dúnmharú – *murder*
éalú – *esape*
eascann – *eel*
eochair – *key*
faoistin – *confession*
feall – *treachery*
feallaire – *traitor*
fianaise – *evidence*
fíricí – *facts*
freagrach as – *responsible for*
fuinneamh – *energy*
gaineamh – *sand*
gaol – *relationship*
gar – *favour*
geit – *start fright*; baineadh geit aisti – *she was startled*
gléas lorgaíochta – *tracking device*
gléas éisteachta – *listening device*
gortaithe – *hurt*
greamanna – *stitches*
iasacht – *loan*
iomaíocht – *competition*
ionraic – *honest*
ionsaí – *attack*
leanbaí – *childish*
lasc – *switch*
líon an damhain alla – *spider's web*
luaigh – *mention*
mallacht – *curse*
mí-dhleathach – *unlawful*
mí-fhoighne – *impatience*
mí-thrócaireach – *without pity*
nua-aimseartha – *modern*
óinseach – *foolish woman*

osna – *sigh*
otharcharr – *ambulance*
pitseamaí – *pyjamas*
pleidhcíocht – *tomfoolery*
pluais – *cave, den*
práinneach – *urgent*
praiseach – *mess*
preasoifigeach – *pressofficer*
rabhadh – *warning*
rannsú – *ransack*
reoite – *frozen*
ruaig a chur air – *to chase him*
scáthanna – *shadows*
sceitimíni – *excitement*
scornach – *throat*
seachaint – *avoid*
séala – *seal*
searbhas – *acrimony*
séideán gaoithe – *a gust of wind*
shroich sí – *she reached*
sleamhnú – *slip*
smideadh – *make-up*
socraithe – *arranged, settled*
soineanta – *innocent*
stiúrthóir – *director*
striapach – *harlot*
súile ag biorú – *looking sharply*
tábhacht – *importance*
tarraiceán – *drawer*
taghdach – *impulsive*
teagmháil – *touch*
téip-thaifeadán – *tape-recorder*
teitheadh – *flight*; ar a theitheadh – *on the run*
timpist ag bagairt – *danger threatening*
titim i bhfanntais – *to faint*

trácht – *traffic*
traochta – *exhausted*
tráth – *once*
troscán darach – *oak furniture*
údarásach – *authoritative*
uisce faoi thalamh – *intrigue*
urraíocht – *sponsorship*